孟小书
著

郭埊
绘

Two Thirty
in the
Afternoon

江苏凤凰文艺出版社
JIANGSU PHOENIX LITERATURE AND
ART PUBLISHING

午后两点半

2:30

午后两点半

PM

道别

下午两点半,景晓露突然约我见面。我们约在了三元桥附近的奶茶店里。当景晓露述说她现任老公时我走了神,那些跟我一点关系也没有。我看着她两片鲜红的嘴唇一张一合,特别想哭,但我还是忍住了。因为我知道这有可能是我们最后一次见面,我想让时间永远停驻在这一刻。她说她这一走不知什么时候能回来,她和丁丁准备去香港定居,她和丁丁都很喜欢香港。我笑着点头,说挺好的。于是我们便陷入了几秒钟的沉默。我看了一眼景晓露,她低着头,鼻尖和眼圈都有点红。然后她说,你多多保重,我走了。我点着头说,你也是,多保重。

那次是我最后一次见到她。

不错的我们

午后两点半

和他在一起没多久,我所在的公司老板就被抓了。从没工作到现在已经脱离社会三年了。这都是张明的主意,他劝我不要再找工作,是时候该计划一下要孩子的事了。我挣的那点钱还不够付阿姨工资呢。

我曾经认为,他一切的主意都是正确的。张明有一份不错的工作和不错的收入,我们也有一辆不错的车和不错的房子,我们父母双全,婆媳关系也不错。我三十,张明三十五。

在别人看来，我的生活近乎完美，但我依然不高兴。

帆儿跟吴小叶都说我有病、不知足,我觉得她们说得特别对。

我不要孤独地死去

后来炎雅晴来北京成了北漂，她和我迅速成为了密友。炎雅晴说，她觉得自己在某种层面上和我是一种人，都是那种自以为是、无比自恋、愚蠢和孤独的人。那时候我还年轻，不知道她为什么会这么总结。我说，我觉得你对我可能有所误解，我不是这样的人，我也从没感到过孤独。

再后来，炎雅晴消沉了很久。她的走红几乎是昙花一现，人生中只出过那一张专辑，可她的妆容和那股自命不凡、桀骜不驯的态度却久久地影响着那个时代的年轻人。炎雅晴有一首很红的歌叫《我不要孤独地死去》，靠这首歌，她买了套两室一厅的房子，当时身边也围着许多朋友。

炎雅晴最后死在了自己家的厕所里。死得很平静也很低调，没有任何报道。除了尸体，只剩下了孤独。

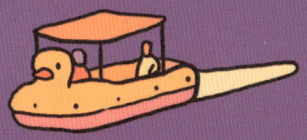

太空旅行

重庆是孙闯闯这趟无目的旅行的最后一站,梭子乐队也是他最后见的一波儿人。他自己其实没什么计划,只是觉得是时候该回家了。他把在外漂泊的这段时间称为太空旅行,在一个自己设定的虚无世界里肆意飘荡。

临出发前，他认为可以思考清楚一些事情，又或许可以将曾经混乱无序的生活梳理一通，但最后发现,事情远不是他想象的那样。这只不过又是一场毫无意义的逃离。

我们 Part 1

偷窥已成为我生活的一部分了,就像吃饭撒尿一样。这个习惯是从什么时候开始的?应该是从见到薛萌萌的那一刻。在大学时,我们宿舍对面就是女生宿舍楼,那是一栋极具诱惑力的楼,而里面最神秘的一间寝室就是薛萌萌的。每天晚上,只要男生宿舍的灯一灭,我就幻想着薛萌萌依次脱去外衣、内衣、外裤,然后再换上睡衣的情景。宿舍一共八个男生,起初只有我拿着望远镜,用窗帘把自己裹起来,靠在窗台边向她的房间望去。后来雷俊也学我,望向她心仪的女孩。我和雷俊的熟络也是从这一刻开始的。薛萌萌总是喜欢在星期二的下午两点半洗澡,因为每星期这时候都是最讨厌的思想政治课。她每每洗完澡,都会在宿舍里弯着腰,对着镜子擦拭她那头乌黑的长发。拭去多余水分后,就会把宿舍的纱窗拉开,对着窗外抽烟。整个夏天的星期二下午两点半都是如此。抽烟在大学里是绝对不允许的。但那个时候只有她一个人,后来我学着抽烟也是因为她。但我没有她那么聪明,我被寝室老师抓住过三次。薛萌萌湿漉漉的长发贴在脸颊两侧,叼着一根烟的样子是最性感的。那时候,我深深迷恋着她以及她的身体。

耳洞

午后两点半

杨乐的耳洞是在西单韩国城扎的,韩国城里没有一件东西是韩国货,就像美国加州没有牛肉面一样。

可那时我们就是如此理直气壮地崇洋媚外。只要跟外国沾边儿的东西，我们都喜欢。在韩国城扎耳洞，一个二十，一对儿三十。杨乐打了两对儿，一边两个。他左边耳朵没过多久就发炎了，但他坚持不将耳钉拔出，一直流脓，后来发烧了。这俩耳洞算是白打了。右边两个离得太近，有一次打架被人拽豁了，两个变成了一个。后来，他在耳洞里塞了一个环，扩大耳洞使的。他说，等肉长好了，再换个大一号的圈。他说，美国朋克现在都流行这个。

我对他的耳洞特别好奇，他又带我去了五道口的耳环饰品店，老板是他朋友。店里面贴了一张金发裸体女人海报，女人身上画满了图案，耳朵、鼻翼、眼眉、嘴唇都穿上了小环。杨乐跟老板说："这是我媳妇儿，飞扬。给她扎俩耳洞。"我有点不好意思，攥着杨乐的手，又特别紧张。老板在我耳朵上"啪啪"打了两枪，说，好了！我照着镜子，觉得特酷。

星期三的下午两点半，天气好到必须要逃课，只有干点什么坏事才配得上这烈日白云。打完耳洞我很满足，杨乐骑着电动摩托带我在五道口附近闲逛。时有凉风吹来，每次凉风一吹，耳垂就隐隐作痛。这疼痛突然让我感到一切都不重要了，跑操场、门口罚站、考试……周灿灿和雪晴，我也再也不需要你们了……我紧紧搂住了杨乐的腰，像是搂住了整个世界。

大理奇遇记

傍晚的洱海像是上了一层淡淡的水墨。我们分手后各自回到住处。

午后两点半

他说天黑了以后要去街边画画，他想为我画一张肖像作为纪念。但他却失约，就这么不见了。他的来去都很突然，我没有因此生气，反倒对他羡慕不已。就在我回京不久后，突然收到了小枫从西双版纳寄来的一张明信片。他没有对在大理的突然消失做任何解释。

我忽然回想起那个坐在印度熏香店前的傍晚；想起暮色中苍山连绵起伏的轮廓；山间茶舍伴着清香的微风掠过指缝间的温柔；人民路上仰望被雨水涮洗过湛蓝辽阔的天空。

只是，无论我怎样回想，小枫的脸依然模糊不清。

鸡肋

跟张明的这几年，我不知该用什么词汇来形容。好像和他过了很多年，又好像一天也没过过。很梦幻，很朦胧。我们结婚七八年，有时候觉得张明特别好，有时候连话都不想跟他说。有时候觉得就这么过下去也凑合，有时候觉得还是赶紧离了吧。有时候觉得他就是根鸡肋，认真想想，他真的就是根鸡肋。

之所以跟他耗到现在,就是他没有一个能让我说得出来的毛病。

很多个夜晚,我会借助微弱的亮光,凝视着张明的脸。

深夜似乎在与我窃窃私语，向我诉说着生活的寂寞与无聊。向我诉说我的存在是毫无意义的。

过把瘾

"离婚你后悔吗?"叶子问。

"也许以后会后悔吧。"

"其实……有一件事儿我一直没告诉你。"

"说吧。"

"你来我教室没多久,张明就来过找我。他说能不能别再让你去我教室学钢管舞了。我问为什么,他说太危险,说你现在在备孕中,万一出点什么事。再说,钢管舞这东西怎么感觉都不太正经。我说,那你直接去劝秦梦,跟我说有什么用。"

"张明确实跟我说过孩子的事,但每次也就是说一下而已,完全没到备孕的程度。"我说。

"我知道,如果你在备孕我们怎么可能不知道?"

"况且,张明平时并没有表现出他对我学钢管舞有多大意见。"

"你这么说,我倒是想起来了。有一天中午,我在教室门口碰见张明了,他慌慌张张的,说自己正好路过就上来看一眼。"

"张明中午来过教室?他的公司离教室有三十多公里!等一下,他怎么会知道教室的地址?我从没告诉过他,他在跟踪我吗?"我们面面相觑,都一时说不出话来。

"张明真的很爱你,他这辈子估计最害怕的就是你离开他。所以一直都小心翼翼的。"

"但我最恨的就是这一点。每当他露出小心翼翼的神态都显得那么卑微。我讨厌男人卑微的样子。其实……我也不知道未来是否会后悔,但说出离婚的那刻,真是太过瘾了。就感觉我这辈子终于干成了一件'大事'。"

无题

照片苍黄你显得更远了
我翻箱倒柜
寻找黎明
被芭比娃娃裙带勾勒住的喉咙
发不出声音
我在海洋球里肆意挣扎
你说
到了那座流动的城就什么都不怕了
但亲爱的
那是不存在的盛宴
我只想要一条洒满阳光的小路

我们 Part 2

现在的薛萌萌早已跟大学时代的她判若两人,她的头发不再是乌黑的长发,而是又黄又干的卷发,它们像一团枯草堆在脑袋上。她的眼神也不再性感迷离,时而流露出倦怠与憔悴。我从没想过这辈子会来民政局第二次,这地方和六年前的样子简直一模一样,这里散发的气味和办事员那种满脸生活不幸福的神情也都未曾改变。我和薛萌萌两人坐在走廊里,等待着叫号。我们是第 31 号,而现在只叫到 20 号。在这漫长的等待中,我总想找点话对薛萌萌说,比如丁丁最近怎么样?

回老家后准备怎么生活？有没有男朋友之类的。但我最想对薛萌萌说的是，其实你们可以继续住在原来的房子里，房子给你们，我搬出去。可她却使劲扇着扇子，时不时看下时间或者头上方的叫号牌，一点也没有想和我聊天的意思。她的脚又开始抖起来了，每当她焦躁的时候就喜欢抖脚。每次她抖脚，我都会拍她一下说，男抖穷女抖贱。但这次我没说什么，因为身边这个爱抖脚的女人即将跟我再无一点关系。

筒子河边的最后一晚

我说:"我这辈子从来没靠自己干成过一件事。小时候靠父母,结婚后就靠你。有时我都不知道活着有什么意义……"

后来又借着酒劲,开始有点语无伦次。每当我喝完酒,说话就这样,词不达意。越说越不着边儿。其实我就想表达一个意思——这辈子能不能靠自己干成一件事,哪怕是离婚。

张明知道我有点多了,但也知道我说的都是真的。我们都很无助,都帮不了彼此。这一点上我们达成了共识,毕竟结婚这么多年,这点默契还是有的。

"这应该是咱们在筒子河边儿最后的一个晚上了吧?"
"可能吧。"

那天夜里,我和张明坐地铁的末班车回家。我们在列车的尾部车厢,一眼就可望到头。其它车厢里零星有几个低头的乘客。我盯着杵在地上的扶手杆。张明知道我在想什么,他说:"冷静啊,大庭广众之下,控制一下你自己。"

我说:"现在只有大庭,没有广众。这简直就是为我而设的个人舞台。"
张明不敢相信自己听见了什么,力争把那小眼睛睁得很大:"我看你是练钢管练出毛病了。"

我又来了一个撑杆翻。张明说:"你从地铁扶杆上下来的那一刻,身上似乎在发着光。"我说:"那光是什么颜色的?"他说:"是金色的,而且特别耀眼。"他又说:"离婚这事我同意。"
我看着他,很难过。

"我祝福你,秦梦。"
"我也祝福你,张明"

到站了,我下地铁。张明的面孔突然变得遥远又清晰。

意外收获

自绒绒走后，我又独守着空房。我自认为是一个内心丰富、不怕寂寞的人。但这晚不知怎么了，绒绒的离开让我心烦意乱，彻夜无眠。我坐在桌前，泡了一壶茶，把手洗干净，准备继续完成剧本。但一个小时过去了，仍毫无头绪地枯坐着。我在房间里开始游荡，忽然看见了书架上我们曾经的合影。我把照片拿起来，仔细端详。这是在哪里拍的？像是杭州。我忽然想起，那次在杭州旧书店还淘到了两套连环画，它们又去哪了？自买回来就没再见过了，我四处寻找。会是在床下吗？我拉起床垫，果真在此。与此同时，

当年和绒绒的婚纱照也在这里。相框都镶好了，愣是没让她挂到墙上。照片中的我是那么不情愿，而绒绒是那么幸福。婚纱照很俗气，绒绒也很俗气。但有她在的日子里，可真踏实呀。

致贾科梅蒂铜塑

被拉长的人体塑像
矗立在中央花园
我骑车从它身旁经过
它在逐渐消失
即便试图靠近
也是徒劳
因为在我们之中
存在一个虚无的空间

午后两点半

热水的尴尬

记得那天，景晓露把我约到了附近咖啡店，这是我们认识以来第一次到这种有点情调又显得高档的地方来。中午咖啡店没什么人，我迟到了十分钟。景晓露坐在靠窗的位置，面前放着一杯咖啡。在这种地方，一杯咖啡可能要四十块钱。她一手托着腮，看着窗外。我有种不祥的预感。

我坐下后，景晓露没有埋怨我的迟到。服务生殷勤地把菜单递到我手上，才发现上面没有低于六十元的。我随即点了一杯热水，便把服务生打发走了。景晓露一直低着头，用根精致的小勺搅动着面前的咖啡。

我想喝口水，缓解一下尴尬和紧张的气氛，但水太烫了，吸了几口都没喝着。热水把我衬托得愈加局促。她就一直用那种特别同情的眼神看着我。后来，她那杯咖啡也没喝完，就起身走了。

很多年过去了，我一直很好奇，她当时想跟我说什么。

膨化的日子

就在我怀疑自己的存在价值时,帆儿突然跟我说她要把工作辞了,想开一间钢管舞教室。我和吴小叶都劝她要冷静,铁饭碗不能丢。帆儿说,是,她要好好想想。于是,两个月后教室就开了,我和吴小叶也都踊跃地办了卡。与此同时,叶子也办了个人画展,虽然没什么人买,也没什么人看,但她却乐此不疲。画展持续两个月,她忙得不可开交。那段时间,我每天也挺忙的。早上张明上班后,我便收拾妥当,去帆儿的教室练钢管,把自己练得满身是伤后,再坐车到798,去叶子的画廊混一下午。晚上等张明回来,一起到外面觅点东西吃。如果心情不错,会在家做饭。我不知道,这种看似充实,像膨化食品一样的生活,还能维持多久。

梦

那天晚上,当我准备躺下睡觉时,小米突然跑来找我,说和男朋友吵架,心情糟糕透了,想让我陪她去苏州散心。恰巧我也闲来无事,便答应了。她在我家里待了一个小时,我们窝在床上。她向我控诉着男朋友的种种不是,并决定从苏州回来后立即分手。我说,明天一早我去准备些路上带的零食和饮料,中午出发去火车站。第二天一早,我收拾好行李,切断所有电源,关好门窗,出发。去了趟门口超市买薯片、巧克力、饼干、鱼皮花生和苹果汁。

一切准备妥当，我给小米打了一个电话，她却说：

"拉拉……这么早什么事？"小米嗓音沙哑，像是还没睡醒。

"什么事？我还想问你呢，你怎么还没起床？我已经买好吃的准备去火车站了。"

"你要去哪？"

我背着双肩包,手里提着两个装得满满的袋子站在马路旁,呆住了。耳鸣盖过了整个城市所发出的一切声音,大地在眼前晃晃悠悠。梦境真实得如此可怕,一阵巨大的恐惧席卷而来。

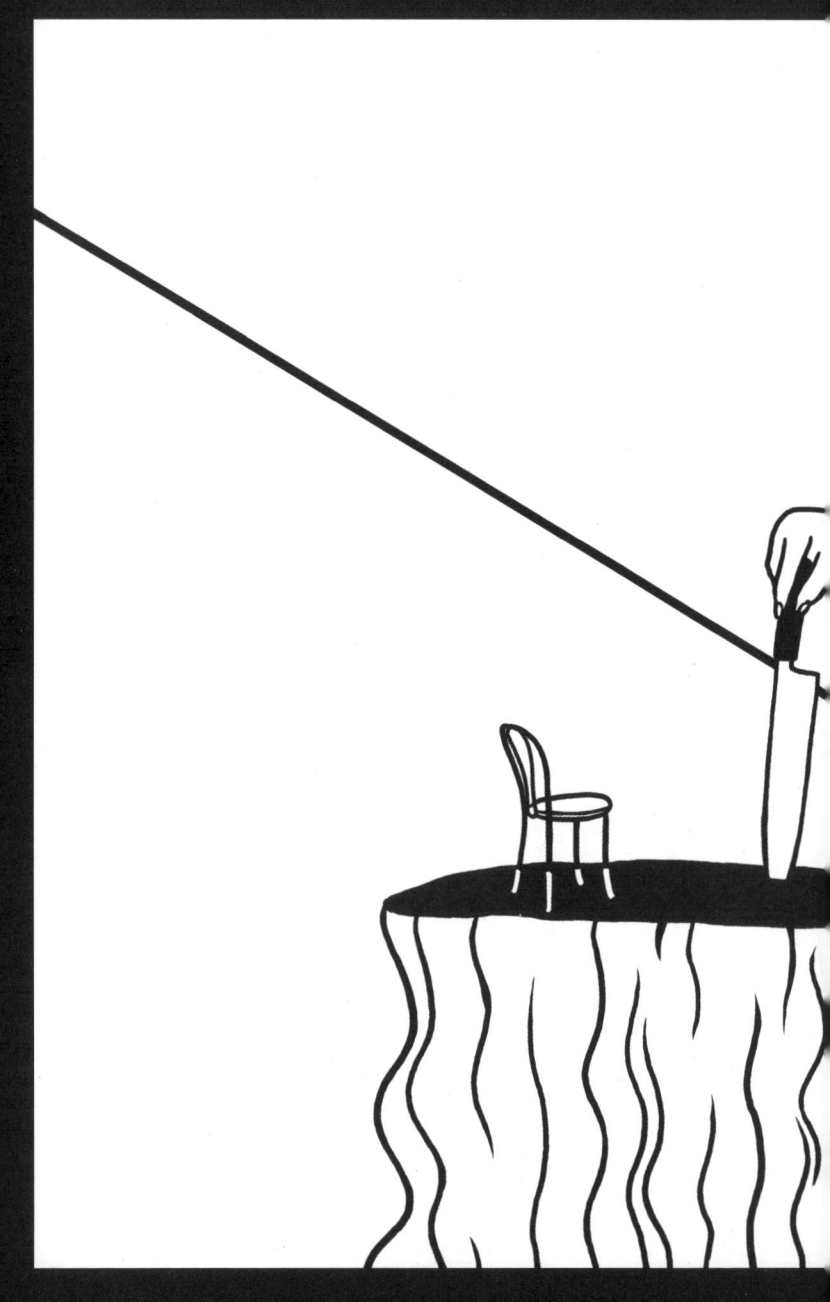

隐形疾病

所谓的心理医生其实就是精神科大夫，但我更喜欢心理医生这个叫法。我尽量保持一个平和放松的心情，不想对医生隐瞒我所经历过的事情以及我最真实的想法。我要将自己全盘托出，告诉他我的焦虑和痛苦。

推开门，诊室与我想象中的样子大相径庭，里面没有电影中那样舒适的座椅，也没有落地窗和各种绿色植物。这里和其他的诊室没什么区别。同样的白炽灯管，一张简易的白色木头桌子，就像看感冒发烧或是看妇科病的诊室一样普通无趣。白色的墙壁、白色的桌子、白色的瓷砖、白色的窗帘以及医生的白大褂，甚至连她的脸也是煞白的。

这一瞬间，我决定将刚刚的想法暂时收回。

她要结婚了

吕思奇的"单身派对"是在方家胡同的一个酒吧里,她是北京人,再过两天就要嫁到西班牙去了。不知道她是喝多了,还是真的难过。在喝下去一杯威士忌之后,搂着我们大家号啕大哭。眼泪蹭到了我脸上,湿答答的。在那一瞬间,我觉得她嫁人嫁得很悲壮,像是奔着死去的。

午后两点半

飞机安魂曲

"飞机在下降过程中，遇到不稳定气流，有些颠簸。请各位旅客在座位上坐好，系紧安全带。洗手间暂停使用。"随后飞机开始剧烈颤动。我双手紧握住正在翻看的小说——奥斯比蹦蹦跳跳正要唱，巴特利·高比奇、德卡福利……把他和那根粗大的香蕉一齐狠揍一顿。作者在说什么？飞机继续颤抖着，我眼睛停留在了"香蕉"上，想着如果飞机就这么掉下去,应该是飞机头部着地，天呀，我的位置正处于飞机的前半段。飞机坠毁，整架飞机上的人谁都别想逃过一劫。如果现在下面是海或是湖，那我们必将会淹死。淹死……突然一阵强烈的窒息感。如果我死了，我的追悼会上都会有谁来？我可怜的女儿才五岁，我父母将如何接受我的死讯？他们会如何告诉我的女儿？电脑里的小说才刚写了个开头……飞机掉下去的瞬间，希望我能被吓死，这样就可以免去疼痛……

就在此刻,飞机突然停止了颠簸,恢复了稳定。我继续看小说——厨房里,在海盗双层蒸锅的上层,黑市上买来的软糖慢慢化成了糖浆……

"飞机即将落地。"乘务员再一次播报。

平稳落地了，旅客纷纷起身拿行李。客舱门打开了，我随着人流下了飞机，思索着到了成都要先吃什么。

无解

一个平庸的人和一个情感上有缺陷，或是不正常的人，你会选择哪一个？可能是一个不正常的人。你和阿茂相处得怎么样了？我们刚认识两个星期，这俩星期里，他只会和我聊关于养生的事儿。可两个星期后，他突然带我去见了他父母。但又没过几天，他就消失了。

阿茂还真是可悲啊,既平庸又不正常。

中产幸福

老 what 酒吧离筒子河边儿不远。每个月我们会来这酒吧两到三次。每次酒喝得差不多了，都会在筒子河边儿上走一走。张明会自顾自地说着那些金融职场上的事。我不爱听，但也从来不会打断他。那些都与我无关。那什么与我有关呢？我也不知道。我是土生土长的北京孩子，独生子女。父母早年间已经为我打拼好了一切，什么都不用我发愁，什么也都不需要我发愁。父母对我唯一的要求就是找一个对我好的、有一份不错工作的男人嫁了。张明是南方人，能吃苦。在北京多年，终于把自己拼成了一个中产，就连说话口音也变了。他对我也好，是那种让我挑不出毛病的好。所以他特别符合我爸妈的要求。

以前的我,活得如一盘散沙,多亏有张明拖着我,我真的很谢谢他。但有时候我也会心里发慌,不知道张明看上我什么了。可能是因为我长得好看,也可能是因为我是北京本地的。

过错

我在房间里转悠了一圈,房间被景晓露收拾得一尘不染。她从来没这么认真地打扫过房间。我坐在床上发呆:以前,景晓露是多么邋遢,比丁丁还邋遢。家里的地板和碗筷从来都是我收拾的。哼,她甚至连被子都不知道叠起来。我跟她说过很多次,床上乱糟糟的会影响运势。你看景晓露,我的话灵验了吧。

旁边的超市开起来了,我们的小卖部即将倒闭,就连婚姻也完蛋了。当初你要是把床铺收拾得干净点,这一切都不会发生,都不会发生的。还有,厕所地上总是一堆你染得黄黄的头发,尤其是每次洗完澡,掉在地上的头发尤其多。我也不敢骂你,因为店里的生意不好,总是挣不到钱。我还有什么资格骂你。我就只能跟在你屁股后面捡你黄黄的头发。每当那个时候,我就在心里诅咒那个小超市。还有厨房,所有的厨具和瓷砖都黏糊糊的。真不知道还会有谁家里的厨房会比咱们家的脏。

现在可倒好,你把家里收拾得这么干净,让我怎么办呢?真他妈怀念那个脏兮兮的家。

午后两点半

午后

北京闷热的午后，知了撕心裂肺地在树上叫着。小区看门大爷正打着瞌睡。来来往往下班回家吃饭的住户也逐渐变少。大地被烘烤得快要冒烟了。

下午两点半，每个角落都死气沉沉的。我赤裸着汗津津的上半身躺在小卖部的摇椅上昏昏欲睡。为了打起精神，我慵懒地站起身，打开冰柜门拿出了一瓶冰镇燕京，往嘴里倒。看着外面正在蒸腾的街道，总觉得有什么大事要发生，于是我就一直坐在小马扎上等着。可到了晚上，什么事也没发生。

歌单

每天早晨
我都会习惯性地点开音乐 App
App 每日依照我的喜好
推荐 30 首歌
我会立刻将喜欢的音乐加入收藏单
收藏后它将会永远属于我
再也不是随机和不可控的了
收藏的习惯
始于我们刚在一起时
但直到有一天
歌单的 30 首音乐中
竟全部都是我的喜好
我不再收藏
不再收藏证明了我对这每日的随机有了极大的安全感
然而
此刻我们的关系
也到了该结束的时候

午后两点半

聊点没用的

剧本会上，投资方和导演滔滔不绝地讲述着他们对电影的期望，动辄就要投个几亿，票房要过几亿等等。我认为那都是在扯淡。

我和李赞并没有发表过多的意见。散会后，我们约去颐和园散步。李赞对我笑着说："你是写小说的吧？"我说："是。"他说："我读过你的小说，《浮萍》是你写的吧？"我说："你觉得那篇小说写得如何？"他过了半晌说："你不适合做编剧。"当时我并不理解这句话的意思，只是觉得他没有理由直接否定我。我说："你也是写小说的吧？我在期刊上也读过你的小说。"他苦笑着说："两年没写了。这两年过得浑浑噩噩的，导演、编剧、写写乐评影评。总之，和艺术、文字有关的事儿都做过，可到头来发现自己还是最适合写小说。等到恍然大悟的那一刻自己又写不出来了，文学已经抛弃了我。像你这样执着写小说的人不多了。"我说："你的选择没错。年轻时应该多尝试些不同的事儿。也应该为了理想为了艺术做出更多的选择和牺牲。人这一生，走些弯路是必要的。"

我们在颐和园里一边说着冠冕堂皇的大话，一边朝着湖对岸走，可怎么走也走不到。

伴着北京四月的阳光和惹人烦心的杨絮，脚下的路从未感到这么漫长过。

璀璨人生

切尔西李、安东尼陈和克里斯多张是我的大学同学,我们四处打工,横跨美国的几大服务业,包括咖啡店收银员、服装店销售员、游乐场检票员、图书馆管理员等。我们一致认为坚决不能刷盘子,这已经不是《北京人在纽约》的那个年代了,同时这未免也太给中国人丢脸了。我们就这样,一面吐槽,一面在一家快餐店的后厨里,刷着盘子和杯子。

吻别

登机前,贾佳接过了空乘递给她的菲律宾报纸,翻阅着。突然她拍了拍我,说:"你看这则新闻能是真的吗?"她指着报纸上在加拿大雪地里相拥在一起、试图接吻的菲律宾情侣。他们带着滑雪头盔,舌头微微地向外吐出,僵死在了野雪里。由于头盔挡着彼此的脸,所以谁都没亲着谁,就这么吐着舌头冻僵了。

"我觉得有可能是真的。"我说。
"那这俩人得多相爱啊?我要是这女的,肯定得吓疯了,哪还有心情跟他亲亲。"
"放心吧,你那么怕冷,一定不会去滑雪的。其次,你先找着男人再议。"
"那你说,这俩人为什么不摘了头盔亲呢?"
"冻得没劲了,或许知道马上就要死了,想来个最后的吻别呗。"
"别说了,太惨了,我宁愿相信这是假新闻。"

飞机起飞了,那对情侣犹在眼前晃悠着。他们舌头和睫毛上的雪像是侵进了我的脑袋里。我的心脏一紧,用力抓着贾佳的胳膊,说:"咱们一定要好好地活着,只有活着才能找到男人。"

杀死一只大家伙 1

"大角羚羊很机敏，不会那么轻易被咱们发现的。"盖先生咀嚼着某种肉干，含糊不清地说着。

"大角羚羊的价格合适，打完折可以在我们的承受范围内。但说实话，只要不太贵，什么动物对我们来说都一样，但狒狒和野猪那种动物，又没什么意思。"

"快看！那有两只长颈鹿。它们在吃树叶呢！"S继续观望着，

"它们应该是一对吧？"

"长颈鹿？算了……我可下不去手。它可是我们的好朋友。"

"那你说，这猎场里面谁不是咱们的好朋友？"

"价格不贵的。"

不落地编辑部

花花在国企上班,朝九晚五,每日打卡,迟到五分钟就要扣全勤奖金。她经常跟我抱怨迟到扣钱的事儿。

我说:"你去文眉或者接个假睫毛吧,这样每天早上就能省去二十分钟化妆时间。"
她说:"那样人看着不生动。"
我说:"不生动总比扣钱强。有了钱,你自然就生动了。"

花花最羡慕的事儿就是我有一个不用打卡的单位,对于这一点,我也挺羡慕自己的。

我在杂志社上班,不用打卡,还经常会有同事带来各种网红零食。我经常推荐给花花好吃的饼干、蛋糕、薯片、话梅等。

那天,花花特沮丧地对我说:"我终于去文眉和接睫毛了,但你猜怎么着?我还是迟到了。"

我赶紧从包里掏出今天同事分享给我的奶酪条:"我跟你说,我们编辑部同事都说这个好吃到起飞。"

花花把奶酪条塞进嘴里,咀嚼了一会便眉飞色舞地说:"真不错。"

"是不是心情一下就好了?"花花连忙点头。

"我们编辑部都说,这奶酪条有种能让人起飞的感觉。"

花花瞪着眼睛看着我,过了半天说:

"我觉得你们编辑部每天都是起飞的状态。"

"对,我们是不落地编辑部。"

伪装

他的出现打乱了我原本安静的生活。下午两点半,我顶着一头乱发坐在床上,开始发呆。暗灰色的窗帘遮挡住了阳光,他没有传来信息也没有打来电话。现在应该做点什么呢?我仔细回忆着平日的生活,却又什么也记不起来了。洗漱、吃饭、买菜、写小说、偶尔相约好友喝酒聊天。我很少打扫家里的卫生,家中只有四十平米,每星期花去一个小时做扫除足矣。与朋友约会大多还在夜里。喝酒、扯淡、吐槽各路艺术家是永远不变的话题。

一群寂寞的灵魂在夜晚用酒精来麻痹、伪装,温暖着彼此,被短暂的幻想所蒙蔽。

我们乐此不疲,起码看起来我们并不孤单凄惨。

迁徙之徒

"你毕业回来吗?"秦梦问我。

"还两年呢,到时候再看吧。"我打开一包栗子,温暖的热气扑面而来。

"我倒是挺希望你能回来的。"红灯了,秦梦的脸被前方刹车灯影映得红通通的,她的眼睛、鼻子和嘴周围都有一圈红晕,颇有失真感。

"没什么特殊情况应该会回来吧。"

"明天我送你去机场吧?"

"不用了,我爸妈送。"

"你跟你爸妈关系可真好。"

"你房子事搞定了吗?"

"差不多吧,在安贞桥那边找了一个房租还算合适的。最近收拾呢。"

"你没想过买一个远点的房子?"

"我不想因为房子而把自己边缘化。"

"是呀……我也不想。回去后,我也要另寻住处,房东要卖房子了。"

她好像笑了一下,又好像没在笑。我们没再继续交谈关于房子、搬家的事。我们都知道搬家的繁琐和种种的焦虑,但为此我们又无能为力。我和秦梦坐在车里,注视着前面不再堵车的三环路。

纽约之光

那一晚，我与切尔西李、安东尼陈、克里斯多张、房东王太，以及乱七八糟我已经忘记的狐朋狗友们喝得大醉。他们在和我告别，为我即将结束七年留美之旅告别。

聚会上，切尔西李举着一只鼓着硕大肚子的红酒杯，说："在北京好好混，期待我们明年的相聚！"说罢将酒一饮而尽。

安东尼陈又说："不要忘记我们在美国时水深火热的日子。"

此刻，我的眼眶早已湿透，眼泪掉进酒杯里。房东王太拍拍我："算上你，我已经送走了十七个中国留学生了，我祝福你。记得，这里永远都是你的家。"房东王太是香港人，一人独居在两层、有着四个房间的小别墅里。

无论我们怎样承诺彼此，我都有种预感——这是我们最后一次相聚。而事实，也确实如此。

一些往事

是啊，我爸妈离婚了，后来我爸又找了个比我大不了多少的姑娘。我爸特别绝，问我，他是要女孩好还是男孩好。我说您适合养条狗。后来他们生了个男孩。挺好的，男孩扛造。

秦梦很少跟我提起关于她爸家那边的情况，就跟我说过两件事。一件事是秦梦奶奶活着时喜欢吃香椿，她爸就去市场买了两棵香椿树回来。买回来当天，趁夜深人静之时，赶紧在小区里找了个适当的空地种上了。早上一看，有一颗树根朝上，种反了。半年后，又发现另一棵树是臭椿。第二件事就是秦梦奶奶养了一只猴儿，那猴儿会抽烟，后来吃了秦梦奶奶治中耳炎的药，死了。用秦梦的话说就是，我爸他们一家没干过几件靠谱的事。

我听着不知道该不该笑,反正秦梦跟我讲时表情挺严肃的。

记忆碎片

侯思瑶在我旁边睡着了。我睁开眼睛看着满天繁星和时有时无的薄云,那繁星变得硕大无比,像是贝壳间的珍珠,黄晓玲从天边的蚌壳中苦闷地向我走来,准备倾诉上班时所遇到的事情。可是,真抱歉亲爱的。面对你的苦闷,我无言以对。我只想把头枕在双臂上,看着你不停翕动的双唇和你可爱至极的面庞。今晚,你的样子占据了整片天空。多年来,我一直在思考着,我是否真的爱过你,可答案一直尚未揭晓。

今晚,一个如你一样的女孩躺在我身边,她和你一样抱怨着公司里的领导和爱说闲话的女同事。她也和你一样喜欢每周去做两次瑜伽,尽管那些都是短暂的坚持。我们走在街上,她和我谈论着些无畏的话题,我点头或是微笑回应。一种幻显的记忆浮现出来。不得不说,和她在一起也是快乐的。

午后两点半

减肥

老猫最近号称在减肥,叫什么生酮减肥法,并且拒绝一切饭局、酒局的邀约。与他联系,只能靠微信。

我发微信问他说:"生酮减肥法是什么?"
他说:"只吃肉,不吃菜和主食。"
我说:"这么神?吃肉还能减肥呢?"
他说:"当然了,但是不能吃一切的碳水化合物。"
我说:"还碳水化合物,词儿整得还挺专业。"
但过了没多久,他就坚持不住了。他说今天一定要见见我,减肥都快减出自闭症来了。到了他家,是他媳妇接待的我。
我说:"他人呢?"
她媳妇说:"躲在屋里吃包子呢。"
说话间,老猫满嘴油地走了出来。
我说:"我怎么看你越来越胖啊?"
老猫说:"我也这么觉得,可能最近肉吃多了。不吃菜,放屁都是一股屎味。"
我说:"这生酮减肥法,每天吃肉的量是没有限额吗?"
老猫皱着眉头,仔细回忆说:"哟,那不知道啊。"
我说:"而且人家说了,不吃碳水化合物,老了容易痴呆。"
老猫吓坏了,一时说不出话来。
我又说:"没事,你现在吃不吃碳水已经意义不大了。"

距离

独坐在空旷无人的广场边
我与无数个自己紧挨着
我们的边界是自己的皮肤和肩膀
彼此的距离是他者
也是自己

一切都是虚假的

我们的友情是虚假的

我们的爱情是虚假的

我们的努力是虚假的

那个为之奋斗和不顾一切的东西是虚假的

我之所以称之为是"东西"

是因为

我连它具体是什么

都不知道

一切都是虚假的。

当我把这些写在纸上后，又看了几遍。音响里循环放着前些天写好的歌，我一边看着，一边哼唱了出来。我把自己关在房间里，音乐覆盖住了一切，认真地将词填写进旋律中，反复修改。但怎么都觉得有点别扭。我靠在椅背上，心里仍是像有堵不透风的墙。想着，我该恨你吗？

真空

午后两点半，他起身拉开窗帘，推开窗户，闷热的风袭来。今天似乎又升温了。他望着远处，想着今天应该做些什么，他要让自己忙碌起来，要忘记昨天与子夜的谈话，忘记苏玲儿，忘记乐队，要忘记与曾经有关的一切。他用尽全力，继续假装把自己包裹在一个只有音乐的真空环境中，以维持着某种莫名的愉悦。

麻烦啦,郭大爷!

睁开眼睛，屋里还是黑的，看来又是一个阴天。午后两点半，我昏昏沉沉地拉开窗帘，坐在沙发上翻看手机。这是我居家隔离的最后一天，明天就能解禁了。前几天由于工作关系，我去了一趟安徽。根据北京的防疫政策，回来后需要居家隔离十四天，方可出门。需要购买任何生活用品，街道的大爷大妈们均可替我解决。

午后两点半

今天吃什么呢？我在手机里试图寻找一点灵感。炸臭豆腐吧！我列了一个今天需要买的食材，发给了郭大爷。郭大爷给我回了一个信息：哟，今儿伙食挺别致啊。我说是啊，最后一天了嘛。郭大爷没再继续接茬儿。我又说："那麻烦郭大爷今天再帮我采购一趟吧。"郭大爷说："你明天不就解禁了吗？回头你自个儿买去。"我说："好嘞，郭大爷！"

友谊

周三下午的海淀步行街极为安静，学生们都在上课。音像店空荡荡的，背景音乐是F4的《陪你去看流星雨》。智倩让我陪她去一个地方，是她学跆拳道的道馆。来步行街无数次，从来不知道这里还有这么一个地方。道馆内很干净，有汗味，也有消毒水味。道馆里正在上课，教练喊着口号，示范后踢动作。教练看着挺凶猛，有种要把学员们踢死的劲头儿。智倩说，她想来看看教练，远远地瞅一眼就行。之后又说，能不能借给她点钱，多少都行。下个月她爸给她钱了就还我。当时我手里正好还剩些压岁钱，就给她了。

逃课结束，我们回到学校，一切安然无恙。

第二天,智倩没来学校,第三天第四天都没来。又过了一个星期,不知道从谁那里传出智倩离家出走的消息。我和她是朋友,其实也不是。只是我们都被孤立了,那次逃课去步行街,是我们唯一一次的相约。

有趣至上

我和张小雅还是朋友时，都很喜欢夏天，我们想生活在一直都是夏天的地方。

我们喜欢做有趣的事，别人也都觉得我们是一对有趣的朋友。那时候，我们认为活得有趣是最重要的。但当我们分开后，我突然意识到，或许只有张小雅是一个有趣的人。而我这么多年都是一直在假装有趣。假装有趣是一件特别累的事。

不得不承认，和张小雅分开后，我感到了一丝解脱。

都是你的错

秦梦说："穆多就是那种，你喜欢香蕉，就会一直给你买香蕉的人。"

我说："那不挺好的嘛。"秦梦说："那我偶尔也想吃点橙子葡萄什么的，也不能总吃香蕉啊。"

我说："想吃你就自己买去呗。"

秦梦又说："穆多太木了，好多事都没法跟他沟通，总在跟我讲道理，谁爱听他那些道理。"

我说："那你觉得他那些道理，有道理吗？"

秦梦说："还行吧。"

我说："你还是放过穆多吧，你配不上人家。"

我见秦梦有点生气，就没再说话了。

174　　　　　　　　　　　　　　　午后两点半

不

我又去参加那群人的酒局了，无聊透顶的对话，矫揉造作的笑声，陈旧的话题，互相吹捧和夸大其词的炫耀……只有在我喝大了的情况下，才觉得他们有点可爱。可为什么每次还去呢，我总是后悔自己做的所有决定。

董佳知道我又做了一件不愿意的事后，突然特别气愤："说'不'你会死吗？"

我说："比死还难受。"

西兰花的悲伤

当李建军瞪着眼睛，向我科普颜色与光的原理时，我特想把面前的可乐泼他身上。

这是我们第一次约会，在一家火锅店里。我点了份西兰花，李建军说这是他第一次吃涮西兰花。他努力尝试打破我们彼此的沉默，突然又说："你知道西兰花为什么是绿色的吗？"

我不想知道，只想迅速结束这场无聊的相亲约会。

"为什么？"

"人类感知到一个物质颜色的原因是：当光源（例如太阳）照射在一个物质上，物质会吸收可见光，没吸收的光就会反射出来，被人眼接受，从而人觉察出物质的颜色。例如：当 780nm-400nm 的可见光照射在西兰花上，西兰花就会吸收除绿色外其他波长的可见光，只把绿色光波（大概 550nm-570nm）反射出来。当人眼接受到了西兰花反射的绿色光波后，觉察到它就是绿色的。明白了吗？"

我摇摇头，突然想起刚才忘了点毛肚。

李建军继续道："也就是说，西兰花没有吸收绿色光波，反而把绿色光反射出来，从而被人所感知。"

"所以，西兰花自己不喜欢绿色，就把绿色反射出来。偏偏人们看见它就是绿色的。"

......

"哦,可怜的西兰花,这真是一个悲伤的故事。"

这次相亲并不是一无所获,李建军也不是在我众多相亲对象里最糟的一个。他起码让我明白了西兰花为什么是绿色的。但自从这一次约会以后,就没有了以后。

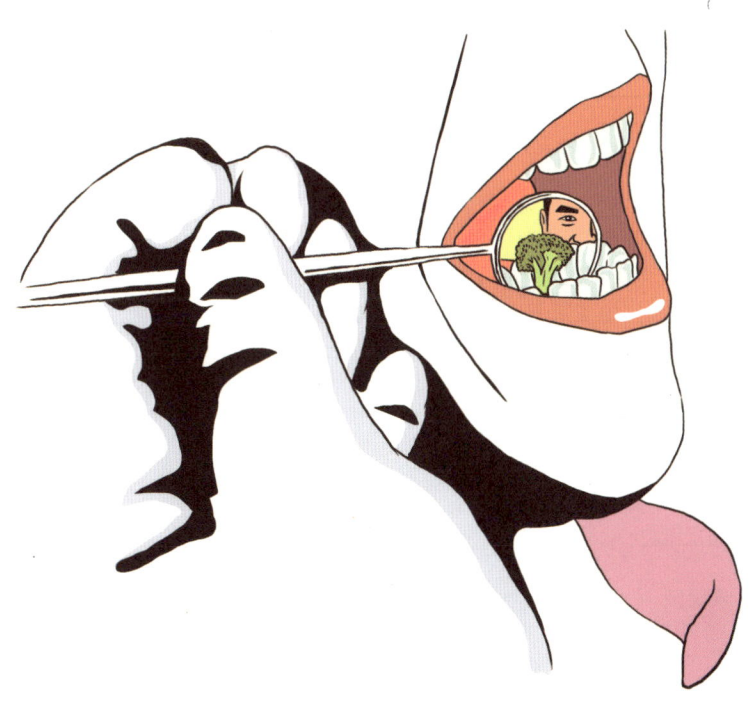

尴尬又不失礼貌的聊天

是 Tracy 来的视频通话,她是韩国人,但其实我们并不熟络。她暑假没回韩国,机票太贵了。在温哥华大多数的韩国人,暑假都会选择打工。Tracy 那边是晚上十一点半,她用英文问我,晚上要不要去酒吧玩。她已经整装待发。我说:"我回国了,现在是下午两点半。瞧,我们现在是白天。"她很失望。苏玲儿坐在我旁边的沙发上,把腿跷起来,随手翻看一本时尚杂志,假装没听见。我故意和 Tracy 聊得很开心,我其实挺喜欢这个姑娘的,她的穿衣打扮都很好看,而且会带我吃一些很地道的韩国馆子。但我也不知道为什么,就是和她熟不起来,可能她总是太客气了吧。她的客气会让人觉得如果我说一些特别粗鄙的玩笑话,都会很丢脸。可当苏玲儿的面就不会,所以这意味着苏玲儿是一个粗鄙的人吗?

反正,Tracy 似乎很赶着出门,但由于我的主动和热情,让她不得不再多和我聊一会。我们用英文聊天,我也会发出很夸张的笑声,尽管我觉得我们的聊天内容既尴尬,又无聊。苏玲儿板着脸,显然听不懂我们在聊些什么,但我就是想让她听到我和 Tracy 的聊天。

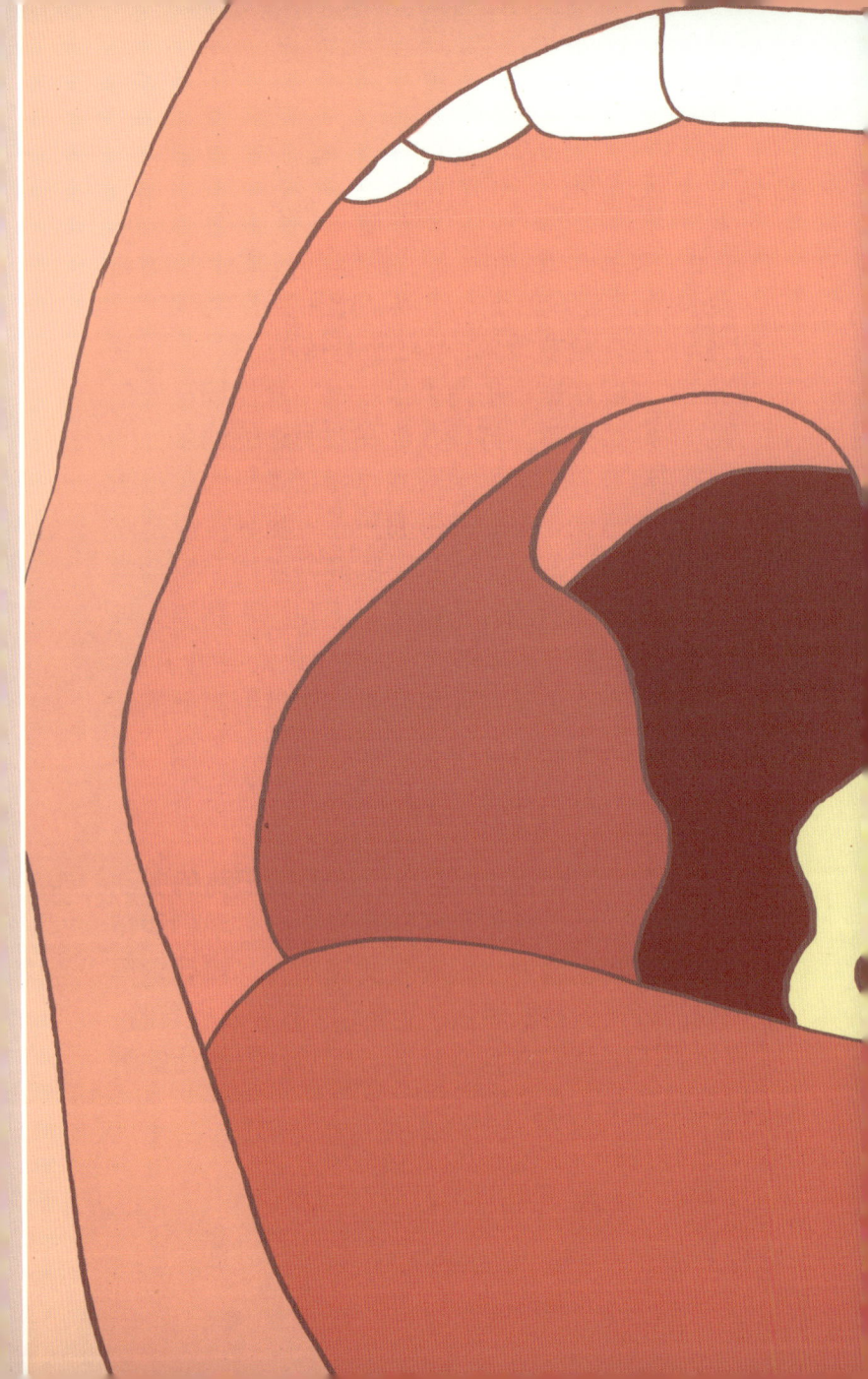

宣纸也愤怒

一个月过后，他终于给我发了一条信息：我之前画的《紫雾》，给你看过吗？

我想等一会再回复他，可再看手机时，那条消息已经撤回了。我不知道他是什么意思，也懒得去想。

我突然意识到，我们的关系压根就不是平等的。他像揉搓一张画错了的宣纸般把我扔进了纸篓里。正当我努力平息自己时，他的信息又来了,内容还是一样的：我之前画的《紫雾》，给你看过吗？他已经彻底把我惹急了。

我回复：没。

生日快乐

费主席的电话那端吵吵闹闹,一猜就是在聚会。

"吗呢?"孙闯闯道。

"吃饭呢。"

"来我这一趟。"

"哟,今晚不行啊,我喝酒了,骑不了车。"

"找个代驾过来,我给你付钱。"

"人家没有代驾摩托的,再说万一给我摔了怎么办?"

"那你打车过来,我给你报销。"

"那也不行,我在五道营呢,摩托不能停这儿。"

"你xx,我今天生日,爱来不来。"孙闯闯挂了电话,把手机往床上扔了去。

过会儿,费主席带着酒气到了孙闯闯家里。

"你去冰箱里拿两罐啤酒过来。"孙闯闯坐在地上翻DVD,挑片子。

"不用,今天我请。"费主席背了一个巨大、印着卡通图案的环保帆布袋,放在了茶几上,逐一向外摆着啤酒鸭脖子鸭掌鸭舌头。

"怎么过来的?"

"骑过来的。"

"酒驾……不要命了?"

"命当然要,但摩托也得要。今天看什么?"

"看一个前些天刚淘回来的吧,商业爱情片,怎么样?"
"不是你风格啊?"费主席把包装带用牙撕开。
"人民艺术家要雅俗共赏。偶尔也得接接地气儿。"
两人横坐在沙发上,都把自己调整到了舒服的姿势,各握一听啤酒。

关于戒酒

我找齐越出来喝酒,最近烦心事多,想散散心。正值盛夏,我俩在一街边串吧坐下。我要了瓶牛栏山和两个杯子。

齐越说:"不喝,最近戒酒呢。"

"不喝你出来干吗?成心给我添堵呢。"我自斟一杯。

"这两天我神清气爽,准备跟你分享一下戒酒心得。"

"你戒几天了?"

"正好两天。"他看了眼表。

"戒酒是可耻的。告诉你个秘密,你这两天的神清气爽都是假的,信么?"

齐越歪着头,咧嘴撸了一串羊腰子,说不信。我们各自咀嚼着,他嗋了一瓶北冰洋,我的牛栏山也下去了三四两。齐越让我说得再具体点。

"酒精会让人觉得这世上一切,所

听所闻所感,都是幻觉都是假象。它能让人接近佛陀,净化心灵,心无杂念,一切都不是事儿。戒了酒,所有事物都变得具象,具象让人痛苦。"

"你那叫逃避现实,不叫接近佛陀。"我俩为此使劲争论到了深夜。此刻,店里只剩下一个姑娘。姑娘长了一副匈奴脸。吊眼、直鼻、高颧骨。两侧腮帮子宽而锋利,一看就特能喝。我俩一直盯着姑娘,小声猜测她是怎么了。突然间她趴在酒瓶堆里,大哭。我也晕得舌头直打卷。

齐越问我:"用你刚才的理论,你说她现在是喜极而泣,还是悲伤逆流成河呢?"

惊喜

那天灯灯给我打了一个电话,特别神秘,感觉他好像做了什么对不起小帆儿的事。我也小心翼翼地问他,到底出什么事了?他说:"小帆儿下个月过生日,我想给她一个惊喜。"我在电话这头翻了一个巨大的白眼,说:"还一个月呢,着什么急?而且,这事就别带上我了。上次我给她惊喜时,差点没给我一个大嘴巴。"灯灯"啊?"了一声。我又说:"她不喜欢惊喜,一切惊喜对她来说都是惊吓。"灯灯又问:"那怎么办啊?这是我给她过的第一个生日,不能就这么平平地过去了吧。"我有点不耐烦,想着:都多大岁数了,还整这些没用的,真够逗的。我说:"以我对她的了解,你还是送她个万能机械包吧。"他说:"那是什么?"我说:"就是里面什么维修工具都有的那种。"我急急忙忙挂了电话。灯灯一定觉得我很不靠谱,不然就是觉得她不靠谱。

结果,下个月小帆儿生日时,她失联了⋯⋯

一次重逢

熊壮壮的再次出现是二十年后,我家网络出现了问题,儿子叫来了维修人员。开门瞬间,我突然失声了。这体似棕熊的男人竟然是熊壮壮。"熊壮壮?"我大叫着。"恩?"熊壮壮还在对我进行确认。"我是关彤,你不认识我了?""哦,是你啊。"他的表情没做出太多变化,见到我也毫不惊讶。儿子向他说明了网络问题后,他拖着笨重的身体走到了路由器旁,蹲下,从挎包中翻出了工具箱和一根网线。他沉默

午后两点半

不语,很安静。我有很多话想对他说,可该从何说起?没过多一会儿,一个沉闷的声音传了出来:"修好了。"我本想请他留下吃午饭或是喝杯茶,可话没说出口,他就已经将身体挪到了门口,与我道别。儿子说:"你们认识?"我说:"嗯,他是我上初中时的学习委员,坐在我前面。上学时候特别爱吃韭菜饺子。"

青涩沙尘暴

自从失去了周玉梦和王笑笑,我的学习成绩一直下降。那是期中考试的前一个星期,董亚茹在上课时传来一张纸条,上面写着,"下课去小卖部吧,我请你吃冰棍。"她坐在我斜后方,我没有回头看她,因为语文王老师正面对着我们讲课。我在字条上回复她,"下节课不是历史么?""没事,不上了。"我犹豫了下,"行!"我期待着下课,期待着逃学,这是我第一次逃课。上午,校园内外只有大风在咆哮。

董亚茹又对我说了很多有关杨冰的事,说他打架有多厉害,一打十都没问题。说很多女生都喜欢他,但又说喜欢他的那些女孩都没戏,他一个都看不上。董亚茹着说着脸就红了,我说:"你是不是也喜欢他?"她说:"我喜欢他都三年了,上小学的时候就喜欢他。"我说:"那他看得上你吗?"她说:"总有一天会看上的。"董亚茹又说:"千万不要告诉别人关于杨冰的事。尤其不要告诉周玉梦和王笑笑那帮人。"我说:"我和她们已经不是朋友了,放心吧,肯定不说。"我顿时有一丝难过。我们骑着车,她突然推了我一下,然后又疯狂地向前骑,我也站起了身,使足全力迎着沙尘暴追赶她,沙子和柳絮让我们都眯着眼睛向前行。

往事如烟

"时候不早了,豆包儿还在家里等我溜它呢。"说着,虹心叫来了服务员买单。

临走前,我说:"对了,刚才餐厅里一直循环播放的歌你还记得吗?"

虹心摇摇头,说:"不记得了,但好像在哪听过似的,但类似的歌好像挺多的。怎么了?"

"没什么。"

我很想告诉她,那首歌叫《深幽漫隧》,一首古巴爵士乐。歌名当时是我瞎起的,因为实在不知道它叫什么。是那次我们一起去帕岸岛上,一个酒吧一直播放的歌。那天是满月派对,沙滩上堆满了来自欧洲、北美的年轻背包客。我们在沙滩上都喝醉了,醒来的时候还是夜里,漫天繁星,不知哪里传来了这首曲子。秦梦在沙滩上,半梦半醒地问我:"这是什么歌,真好听。"我说:"我也不知道。咱们给它起个名字吧。"她说:"你说叫什么?"我说:"就叫《深幽漫隧》吧。"

两年了,这一切虹心都忘了。忘了就忘了吧……

杀死一只大家伙 2

他不知这一击是好是坏,预想和实际发生的总是存在着差距。毕竟,那是一个生命,况且对于他来说,又是如此之庞大。当长颈鹿缓缓跪倒,脖子绵软地垂下时,他感到自己的身体也在逐渐消失。那一刻,他体会到了"生命"这两个字给他带来的切肤之痛。他忽然又意识到,那么在此之前"生命"对于他来说是什么?这是一个他无法回答的问题,就如同"死亡"一样。他觉得自己从来没有真正拥有过生命。这些问题让他的大脑停止了运转,一切都停止了,只有这个庞然大物在缓慢地瘫倒,消亡……

他凝望着远处漆黑一片的树丛,那是树丛?他也不确定,只是总觉得那里有一双眼睛在偷窥着自己。陡然间,一种莫名的力量,迫使他迈开了双腿,像是被施了咒语,感觉不到四肢和躯体的存在。只有呼吸和一种隐隐的恐惧在大脑里徘徊着。唯有这幽幽的恐惧,才能让他感到自己是活着的。K注视着那里,一步步地走向猎场。夜晚冷风袭来,他一点也不觉得冷。夹脚的室内塑料拖鞋,被泥土不断地粘黏着。他逐步,缓慢地向前走……

一次尴尬又不失礼貌的泄愤

对于剧本的事，穆大年还是不死心，他又等了两天，还是没等到修改意见。他决定再给这部戏的制片人秦总打一个电话。但秦总的意思是他们已经更换了编剧。穆大年急眼了："随便就换人了？你们怎么能这么办事？"

"穆老师，您先别激动，这也不是我的个人意思。我们就您的剧本开了好几次会，换编剧也是制片方和影视公司一起决定的。"

"那之前说给我修改意见，是什么意思？

"修改意见？我不知道这个事呀。当时是谁跟您联系的？"

"你们负责剧本的徐总。"

"徐总？我现在也找他呢。好多事没交接就走了，你说他这人也太不靠谱了。"

穆大年脑袋"嗡"的一下，冲着旁边的石板凳狠狠踹了两脚。一位大妈过来了。

"小伙子，不能损坏公物啊！"说完，瞪他一眼走了。穆大年被大妈一打岔，好像冷静了些，也在这一刻接受了换编剧的事实。

"那我们的合同怎么处理？"

"合同？什么合同？"

"你们当初跟我签的编剧合同。"

"那个合同我不清楚，可能也是徐总跟你签的。"

"那我上哪找他去！"

"这个我就不知道了。谁跟你签的你找谁去。事儿跟我们一点儿关系也没有。"说完秦总就把电话挂了。穆大年心中憋着的火堵在了嗓子眼儿，一时说不出话来，也发泄不出去，又踹了一脚石板凳子。大妈再次及时出现。"你怎么又踢凳子啊！罚款啊我告诉你！"

"我就踢！"

高考

六年后，我的头发几乎长到了腰，搓成了一缕缕的脏辫，满面胡须。一群蚂蚁忙叨地爬向我身旁的椰子壳里，像是去朝拜。这让我忽然想起了高考那年。父亲在大年初一的清晨五点钟，把我叫起，挤到雍和宫里，烧香。那条颇为文艺的五道营胡同周围，挤满了号称自己卖的香火比"里面"便宜的小商贩，以及黏在屁股后面滔滔不绝地能说出你前世今生的算命先生。终于，在比较了四个小商贩之后，父亲决定买了二十块钱一小把的香火。

大年初一，艳阳高照。父亲迎着太阳说："你知道这么好的天气意味着什么吗？"他停顿了下，又说："新年新气象！"我用力将眼皮撑得老大，以示对佛祖的敬畏。父亲又说："老天真是开眼，知道你今年高考。"

我们被淹没在浩浩荡荡的人群中，一团团浓烈焦躁的烟雾缭绕于半空。

烟雾下的人们双眼紧闭,虔诚跪拜。父亲被停滞在人群中,等着为我跪拜。

我看着父亲无比虔诚的样子，
突然感到一阵悲凉。

三环辅路的青春期

1997年的春天特别讨厌。正值初二的我们即将面临体育中考的模拟测验。学校为了让我们最后中考体育能拿到满分，安排每天上午第二节课后进行跑步训练。那时操场还是大土地，一下雨，跑道就烂了。学校又给我们规划了新的跑步路线——围着三环辅路跑。

这年春天的沙尘暴把天搅得混沌一片，每逢沙尘暴，跑步就要停。每逢停跑，班主任胡老师就唉声叹气，拿着粉笔在黑板上撒气。这会儿，李玉就会按捺不住内心的喜悦，笑出声来。胡老师总指着他嚷："李玉，给我安静点！"这时候全班就会哄堂大笑，因为"李玉"的发音连起来，颇像"驴"。

图书在版编目（CIP）数据

午后两点半 / 孟小书著；郭埙绘. -- 南京：江苏凤凰文艺出版社，2022.6
ISBN 978-7-5594-6457-6
Ⅰ.①午… Ⅱ.①孟… ②郭… Ⅲ.①小小说 - 小说集 - 中国 - 当代 Ⅳ.① I247.82

中国版本图书馆CIP数据核字 (2022) 第038238号

午后两点半
孟小书 著 郭 埙 绘

出 版 人	张在健
责任编辑	李珊珊 李 黎
特约编辑	王 怡
书籍设计	马海云
责任印制	刘 巍
印 刷	合肥精艺印刷有限公司
开 本	880毫米 × 1230毫米 1/32
印 张	7.5
字 数	100千字
版 次	2022年6月第1版
印 次	2022年6月第1次印刷
书 号	978-7-5594-6457-6
定 价	68.00元

江苏凤凰文艺版图书凡印刷、装订错误，可向出版社调换，联系电话 025-83280257